花蛇集

미당 서정주
未堂 徐廷柱
1915~2000

1915년 6월 30일 전북 고창
선운리에서 태어났다.
중앙불교전문학교(현 동국대학교)에서
공부했고, 1936년 동아일보 신춘문예에
시 「벽」이 당선된 후『시인부락』동인으로 활동했다.
1941년『화사집』을 시작으로『귀촉도』『서정주시선』
『신라초』『동천』『질마재 신화』『떠돌이의 시』
『서으로 가는 달처럼…』『학이 울고 간 날들의 시』
『안 잊히는 일들』『노래』『팔할이 바람』『산시』
『늙은 떠돌이의 시』『80소년 떠돌이의 시』등
모두 15권의 시집을 발표했다.
1954년 예술원 창립회원이 되었고
동국대학교 교수를 지냈다.
2000년 12월 24일 향년 86세로 별세,
금관문화훈장을 받았다.

서정주 시집

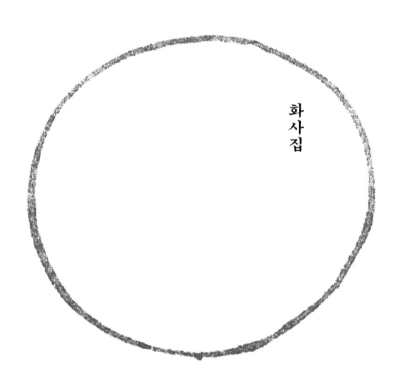

화사집

은행나무

차례

일러두기

1 이 시집은 『화사집』(남만서고, 1941)을 저본으로 삼았다.
2 원본 시집의 형식을 살리되, 체제 및 표기는 『미당 서정주 전집』
  (은행나무, 2015)을 따랐다.
3 시집 원주原註 외의 주들은 편집자주라고 밝혔다.

화사집 花蛇集

자
화
상

자화상

애비는 종이었다. 밤이 깊어도 오지 않았다.
파뿌리같이 늙은 할머니와 대추꽃이 한 주 서 있을 뿐이었다.
어매는 달을 두고 풋살구가 꼭 하나만 먹고 싶다 하였으
나…… 흙으로 바람벽한 호롱불 밑에
손톱이 깜한 에미의 아들.
갑오년이라든가 바다에 나가서는 돌아오지 않는다 하는 외
할아버지의 숱 많은 머리털과
그 크다란 눈이 나는 닮었다 한다.

스물세 해 동안 나를 키운 건 팔할이 바람이다.
세상은 가도 가도 부끄럽기만 하드라.
어떤 이는 내 눈에서 죄인을 읽고 가고
어떤 이는 내 입에서 천치를 읽고 가나
나는 아무것도 뉘우치진 않을란다.

찬란히 티워 오는 어느 아침에도
이마 우에 얹힌 시의 이슬에는
몇 방울의 피가 언제나 섞여 있어

볕이거나 그늘이거나 혓바닥 늘어트린
병든 숫개마냥 헐떡어리며 나는 왔다.

* 이 작품은 작자가 23세 되던 1937년 중추仲秋에 지은 것이다.

화
사

화사 花蛇

사향麝香 박하薄荷의 뒤안길이다.
아름다운 배암……
을마나 크다란 슬픔으로 태여났기에, 저리도 징그라운 몸뚱아리냐

꽃다님 같다.

너의 할아버지가 이브를 꼬여내든 달변의 혓바닥이
소리 잃은 채 낼룽그리는 붉은 아가리로
푸른 하눌이다. ……물어뜯어라. 원통히 물어뜯어,

달아나거라. 저놈의 대가리!

돌팔매를 쏘면서, 쏘면서, 사향 방촛길 저놈의 뒤를 따르는 것은
우리 할아버지의 안해가 이브라서 그러는 게 아니라
석유 먹은 듯…… 석유 먹은 듯…… 가뿐 숨결이야

바늘에 꼬여 두를까 부다. 꽃다님보단도 아름다운 빛……

크레오파트라의 피 먹은 양 붉게 타오르는
고은 입설이다…… 스며라! 배암.

우리 순네는 스물 난 색시, 고양이같이 고은 입설…… 스며라!
배암.

문둥이

해와 하늘빛이
문둥이는 서러워

보리밭에 달 뜨면
애기 하나 먹고

꽃처럼 붉은 울음을 밤새 울었다

대낮

따서 먹으면 자는 듯이 죽는다는
붉은 꽃밭 새이 길이 있어

핫슈 먹은 듯 취해 나자빠진
능구렁이 같은 등어릿길로,
님은 달아나며 나를 부르고……

강한 향기로 흐르는 코피
두 손에 받으며 나는 쫓느니

밤처럼 고요한 끓는 대낮에
우리 둘이는 왼몸이 달어……

* 핫슈 : 아편의 일종.

맥하麥夏

황토 담 너머 돌개울이 타
죄 있을 듯 보리 누른 더위—
날카론 왜낫 시렁 우에 걸어 놓고
오매는 몰래 어디로 갔나

바윗속 산되야지 식 식 어리며
피 흘리고 간 두럭길 두럭길에
붉은 옷 닙은 문둥이가 울어

땅에 누어서 배암 같은 계집은
땀 흘려 땀 흘려
어지러운 나ーㄹ 엎드리었다.

입맞춤

가시내두 가시내두 가시내두 가시내두
콩밭 속으로만 자꾸 달아나고
울타리는 마구 자빠트려 놓고
오라고 오라고 오라고만 그러면

사랑 사랑의 석류꽃 낭기 낭기
하누바람이랑 별이 모다 웃습네요
풋풋한 산노루 떼 언덕마다 한 마리씩
개구리는 개구리와 머구리는 머구리와

굽이 강물은 서천西天으로 흘러나려……

땅에 긴긴 입맞춤은 오오 몸서리친,
쑥니풀 질근질근 이빨이 히허옇게
짐승스런 웃음은 달더라 달더라 울음같이 달더라.

가시내

눈물이 나서 눈물이 나서
머리 깎어 늘이여도 능금만 먹고퍼서
어쩌나…… 하늬바람 울타리한 달밤에
한 지붕 박아지꽃 허이옇게 피었네.
머언 나무 닢닢의 솔작새며, 벌레며, 피리 소리며,
노루 우는 달빛에 기인 댕기를.
산 봐도 산 보아도 눈물이 넘쳐나는
연순이는 어쩌나…… 입술이 붉어 온다.

도화도화 桃花桃花

푸른 나무 그늘의 네 거름길 우에서
내가 볼그스럼한 얼굴을 하고
앞을 볼 때는 앞을 볼 때는

내 나체의 에레미야서
비로봉毘盧峰상의 강간 사건들.

미친 하눌에서는
미친 오픠이리아의 노랫소리 들리고

원수여. 너를 찾어가는 길의
쬐그만 이 휴식.

나의 미열微熱을 가리우는 구름이 있어
새파라니 새파라니 흘러가다가
해와 함께 저물어서 네 집에 들리리라.

22

와가의 전설

속눈섭이 기이다란, 계집애의 연륜은
댕기 기이다란, 붉은 댕기 기이다란, 와가瓦家 천년의 은하 물
굽이…… 푸르게만 푸르게만 두터워 갔다.

어느 바람 속에서도 부끄러운 열매처럼 부끄러운 계집애.
청사青蛇.
뽕나무에 오디개 먹은 청사.
천동天動 먹음은,
번갯불 먹음은, 쏘내기 먹음은,
검푸른 하늘가에 초롱불 달고……

고요히 토혈하며 소리 없이 죽어 갔다는 숙淑은,
유체 손톱이 아름다운 계집이었다 한다.

노래

수대동水帶洞 시

흰 무명옷 갈아입고 난 마음
싸늘한 돌담에 기대어 서면
사뭇 숫스러워지는 생각, 고구려에 사는 듯
아스럼 눈 감았든 내 넋의 시골
별 생겨나듯 돌아오는 사투리.

등잔불 벌써 키여지는데……
오랫동안 나는 잘못 살었구나.
샤알 보오드레―르처럼 섧고 괴로운 서울 여자를
아조 아조 인제는 잊어버려,

선왕산 그늘 수대동 14번지
장수강 뻘밭에 소금 구어 먹든
증조할아버지 적 흙으로 지은 집
오매는 남보단 조개를 잘 줍고
아버지는 등짐 설흔 말 졌느니

여기는 바로 십 년 전 옛날

27

초록 저고리 입었든 금녀, 꽃각시 비녀 하야 웃든 삼월의
금녀, 나와 둘이 있든 곳.

머잖어 봄은 다시 오리니
금녀 동생을 나는 얻으리
눈섭이 검은 금녀 동생
얻어선 새로 수대동 살리.

봄

복사꽃 피고, 복사꽃 지고, 뱀이 눈 뜨고, 초록 제비 묻혀 오는 하늬바람 우에 혼령 있는 하눌이여. 피가 잘 돌아…… 아무 병도 없으면 가시내야. 슬픈 일 좀 슬픈 일 좀, 있어야겠다.

서름의 강물

못 오실 니의 서서 우는 듯
어덴고 거기 이슬비 나려오는
박암薄暗의 강물 소리도 없이……
다만 붉고 붉은 눈물이
보래 핏빛 속으로 젖어
낮에도, 밤에도, 거리에 서도,
문득 눈웃음 지우려 할 때도
이마 우에 가즈런히 밀물쳐 오는
서름의 강물 언제나 흘러……
봄에도, 겨울밤 불켤 때에도,

벽壁

덧없이 바래보든 벽에 지치어
불과 시계를 나란이 죽이고

어제도 내일도 오늘도 아닌
여기도 저기도 거기도 아닌

꺼져드는 어둠 속 반딧불처럼 까물거려
정지한 '나'의
'나'의 서름은 벙어리처럼……

이제 진달래꽃 벼랑 햇볕에 붉게 타오르는 봄날이 오면
벽 차고 나가 목메어 울리라! 벙어리처럼,
오— 벽아.

엽서

— 동리東里에게

머리를 상고로 깎고 나니
어느 시인과도 낯이 다르다.
꽝꽝한 니빨로 웃어 보니 하눌이 좋다.
손톱이 귀갑龜甲처럼 두터워 가는 것이 기쁘구나.

솔작새 같은 계집의 이얘기는, 벗아
인제 죽거든 저승에서나 하자.
목아지가 가느다란 이태백이처럼
우리는 어찌서 양반이어야 했드냐.

포올 베르레−느의 달밤이라도
복동이와 같이 나는 새끼를 꼰다.
파촉巴蜀의 울음소리가 그래도 들리거든
부끄러운 귀를 깎어 버리마.

단편斷片

바람뿐이드라. 밤허고 서리하고 나 혼자뿐이드라.

걸어가자, 걸어가 보자, 좋게 푸른 하눌 속에 내 피는 익는가. 능금같이 익는가. 능금같이 익어서는 떨어지는가.

오ー 그 아름다운 날은…… 내일인가. 모렌가. 내명년인가.

부흥이

저놈은 대체 무슨 심술로 한밤중만 되면
찾어와서는 꿍꿍 앓고 있는 것일까.
우리 아버지와 어머니에게 또 나와 나의 안해 될 사람에게도
분명히 저놈은 무슨 불평을 품고 있는 것이다.
무엇보단도 나의 시를, 그 다음에는 나의 표정을, 흩어진 머리털
한 가닥까지, ……낮에도 저놈은 엿보고 있었기에
멀리멀리 유암幽暗의 그늘, 외임은 다만 수상한 주부呪符.
핏빛 저승의 무거운 물결이 그의 쭉지를 다 적시어도
감지 못하는 눈은 하눌로, 부흥…… 부흥…… 부흥아 너는
오래 전부터 내 머릿속 암야暗夜에 둥그란 집을 짓고 살었다.

지
귀
도
시

지귀地歸는 제주 남단의 작은 섬.
신인神人고을나高乙那의 후손들이 살아 보리농사[麥作]에 종사한다.
1937년 유하榴夏, 정주廷柱가 우연히 지귀에 유적流謫하야
심신의 상흔을 말리우며 써 모은 것이 이 네 편의 시이다.

정오의 언덕에서

향기로운 산 우에 노루와 적은 사슴같이 있을지니라.—아가雅歌

보지 마라 너 눈물 어린 눈으로는……
소란한 홍소哄笑의 정오 천심天心에
다붙은 내 입설의 피묻은 입맞춤과
무한 욕망의 그윽한 이 전율을……

아— 어찌 참을 것이냐!
슬픈 이는 모다 파촉巴蜀으로 갔어도,
윙윙그리는 불벌의 떼를
꿀과 함께 나는 가슴으로 먹었노라.

시악씨야 나는 아름답구나

내 살결은 수피樹皮의 검은빛
황금 태양을 머리에 달고

몰약沒藥 사향麝香의 훈훈한 이 꽃자리
내 숫사슴의 춤추며 뛰어가자

웃음 웃는 짐승, 짐승 속으로.

고을나高乙那의 딸

문득 면전에 웃음소리 있기에
취안醉眼을 들어 보니, 거기
오색 산호초에 묻혀 있는 낭자娘子

물에서 나옵니까.

머리카락이라든지 콧구멍이라든지 콧구멍이라든지
바다에 떠 보이면 아름다우렷다.

석벽石壁 야생의 석류꽃 열매 알알
입설이 저…… 잇발이 저……

낭자의 이름을 무에라고 부릅니까.

그늘이기에 손목을 잡었드니
몰라요. 몰라요. 몰라요. 몰라요.

눈이 항만 하야 언덕으로 뛰어가며
혼자면 보리누름 노래 불러 사라진다.

웅계雄鷄 1

적도赤途 해바래기 열두 송이 꽃심지,
햇불 커든 우에 물결치는 은하의 밤.
자는 닭을 나는 어떻게 해 사랑했든가.

모래 속에서 일어난 목아지로
새벽에 우리, 기쁨에 오열하니
새로 자라난 이[齒]가 모다 떨려.

감물 디린 빛으로 짙어만 가는
내 나체의 삳삳이……
수슬수슬 날개털 디리우고 닭이 웃으면,

결의형제같이 의좋게 우리는
하눌하눌 국기마냥 머리에 달고
지귀 천년의 정오를 울자.

웅계雄鷄 2

어찌하야 나는 사랑하는 자의 피가 먹고 싶습니까.
"운모 석관 속에 막다아레에나!"

닭의 벼슬은 심장 우에 피인 꽃이라
구름이 왼통 젖어 흐르나……
막다아레에나의 장미 꽃다발.

오만히 휘둘러본 닭아 네 눈에
창생 초년의 임금林檎이 소쇄瀟洒한가.

임우 다다른 이 절정絶頂에서
사랑이 어떻게 양립하느냐.

해바래기 줄거리로 십자가를 엮어
죽이리로다. 고요히 침묵하는 내 닭을 죽여……

카인의 쌔빨간 수의囚衣를 입고
내 이제 호을로 열 손가락이 오도도 떤다.

애계愛鷄의 생간으로 매워 오는 두개골에

맨드래미만 한 벼슬이 하나 그윽히 솟아올라······

바다

귀 기울여도 있는 것은 역시 바다와 나뿐.
밀려왔다 밀려가는 무수한 물결 우에 무수한 밤이 왕래하나
길은 항시 어데나 있고, 길은 결국 아무 데도 없다.

아― 반덧불만 한 등불 하나도 없이
울음에 젖은 얼굴을 온전한 어둠 속에 숨기어 가지고…… 너는,
무언의 해심海心에 홀로 타오르는
한낱 꽃 같은 심장으로 침몰하라.

아― 스스로히 푸르른 정열에 넘쳐
둥그런 하늘을 이고 웅얼거리는 바다, 바다의 깊이 우에
네 구멍 뚫린 피리를 불고…… 청년아.

애비를 잊어버려
에미를 잊어버려
형제와 친척과 동무를 잊어버려,
마지막 네 계집을 잊어버려,

아라스카로 가라 아니 아라비아로 가라 아니 아메리카로 가라
아니 아프리카로 가라 아니 침몰하라. 침몰하라. 침몰하라!

오— 어지러운 심장의 무게 우에 풀잎처럼 흩날리는 머리칼을 달고
이리도 괴로운 나는 어찌 끝끝내 바다에 그득해야 하는가.

눈 떠라. 사랑하는 눈을 떠라…… 청년아,
산 바다의 어느 동서남북으로도
밤과 피에 젖은 국토가 있다.

아라스카로 가라!
아라비아로 가라!
아메리카로 가라!
아프리카로 가라!

문^門

밤에 홀로 눈뜨는 건 무서운 일이다
밤에 홀로 눈뜨는 건 괴로운 일이다
밤에 홀로 눈뜨는 건 위태한 일이다

아름다운 일이다. 아름다운 일이다. 왕망한 폐허에 꽃이 되거라!
시체 우에 불써 일어나야 할, 머리털이 흔들흔들 흔들리우는,
오— 이 시간. 아까운 시간.

피와 빛으로 해일한 신위^{神位}에
폐와 발톱만 남겨 놓고는
옷과 신발을 벗어 던지자.
집과 이웃을 이별해 버리자.

오— 소녀와 같은 눈동자를 그득이 뜨고
뉘우치지 않는 사람, 뉘우치지 않는 사람아!

가슴속에 비수 감춘 서릿길에 타며 타며
오너라, 여기 지혜의 뒤안 깊이
비장^{秘藏}한 네 형극의 문이 운다.

서풍부西風賦

서녘에서 불어오는 바람 속에는
오갈피 상나무와
개가죽 방구와
나의 여자의 열두 발 상무 상무

노루야 암노루야 홰냥노루야
늬 발톱에 상채기와
퉁수 소리와

서서 우는 눈먼 사람
자는 관세음.

서녘에서 불어오는 바람 속에는
한바다의 정신병과
징역 시간과

부활

　내 너를 찾아왔다 수나娙娜. 너 참 내 앞에 많이 있구나.
내가 혼자서 종로를 걸어가면 사방에서 네가 웃고 오는구나.
새벽닭이 울 때마닥 보고 싶었다. 내 부르는 소리 귓가에
들리드냐. 수나, 이게 몇만 시간 만이냐. 그날 꽃상여 산
넘어서 간 다음 내 눈동자 속에는 빈 하눌만 남드니, 매만져
볼 머리카락 하나 머리카락 하나 없드니, 비만 자꾸 오고……
촛불 밖에 부흥이 우는 돌문을 열고 가면 강물은 또 몇천
린지, 한번 가선 소식 없든 그 어려운 주소에서 너 무슨
무지개로 내려왔느냐. 종로 네거리에 뿌우여니 흩어져서,
뭐라고 조잘대며 햇볕에 오는 애들. 그중에도 열아홉 살쯤
스무 살쯤 되는 애들. 그들의 눈망울 속에, 핏대에, 가슴속에
들어앉어 수나! 수나! 수나! 너 인제 모두 다 내 앞에 오는구나.

* 편집자주—'유나娙娜'(『화사집』)와 '순아'(『서정주시선』)의 판본이 있으나 김동리의
『귀촉도』 발사跋辭 및 윤정희의 음향시 『화사집』 녹음 시 미당의 증언에 따라
'수나'를 택했다.

49

발문 跋文

시를 사랑하는 것은, 시를 생산하는 사람보다도 불행한 일이다.

혹이 일컬어, 시인의 비참한 생애는 시를 사랑하는 사람에게 보내는 아름다운 선물이라 하나, 어찌 사랑하는 자로 하여금 자기의 허물어져 가는 분신分身을 손 놓고 보게만 하는가.

내 이네들 주변에 살은 지 주년週年, 사향 방촛길, 아름다운 잔디밭에서 능금 따먹는 배암, 꿈꾸는 배암과의 해후를 어찌 기연奇緣으로만 돌리랴.

정주廷柱가 『시인부락詩人部落』을 통하야 세상에 그 찬란한 비눌을 번득인 지 어느덧 오륙 년, 어찌 생각하면 이 책을 묶음이 늦은 것도 같으나 역亦, 끝없이 아름다운 그의 시를 위하야는 그대로 그 진한 풀밭에 그윽한 향후香嗅와 맑은 이슬과 함께 스러지게 하는 것이 오히려 고결高潔하였을는지 모른다.

사실 부언^{附言}은 장환^{章煥} 형이 쓸 것이었으나 나로서는 이
시집을 냄에 있어 여러 벗 중에 유독 미미한 내가 이 발문^{跋文}
을 쓰게 된 것을 무한 부끄러히 여길 뿐이다.

　'그여코 내 손으로 『화사집』을 내게 되었다.

　내가 붓을 든 이후로 지금에 이르도록 가장 두려워하고
끄―리든, 이 시편을 다시 내 손으로 모아 한 권 시집으로 세
상에 전하려 한다. 아― 사랑하는 사람의 재앙됨이어!'

하고는 그만 그로서도 붓을 던지지 않을 수 없었다.

소화^{昭和} 경진지추^{庚辰之秋}

김상원

서정주 시집
화사집

1판 1쇄 발행 2019년 6월 20일
1판 2쇄 발행 2024년 2월 19일

지은이 · 서정주
감수 · 이남호 이경철 윤재웅 전옥란 최현식
펴낸이 · 주연선

총괄이사 · 이진희
책임편집 · 심하은
표지 디자인 · 오진경 강소이   본문 디자인 · 권예진
마케팅 · 장병수 최수현 김다은 이한솔 강원모
관리 · 김두만 유효정 박초희

(주)은행나무
04035 서울특별시 마포구 양화로11길 54
전화 · 02)3143-0651~3 | 팩스 · 02)3143-0654
신고번호 · 제 1997-000168호(1997. 12. 12)
www.ehbook.co.kr
ehbook@ehbook.co.kr

ISBN 979-11-88810-32-1 04810
        979-11-88810-31-4 (세트)